하오의 숲

황금알 시인선 83
하오의 숲

초판인쇄일 | 2014년 3월 17일
초판발행일 | 2014년 3월 31일

지은이 | 조승래
펴낸곳 | 도서출판 황금알
펴낸이 | 金永馥
선정위원 | 마종기 · 유안진 · 이수익 · 문인수 · 김영승
주 간 | 김영탁
편집실장 | 조경숙
표지디자인 | 칼라박스
주 소 | 110-510 서울시 종로구 동숭동 201-14 청기와빌라2차 104호
물류센타(직송 · 반품) | 100-272 서울시 중구 필동2가 124-6 1F
전 화 | 02)2275-9171
팩 스 | 02)2275-9172
이메일 | tibet21@hanmail.net
홈페이지 | http://goldegg21.com
출판등록 | 2003년 03월 26일(제300-2003-230호)

값은 뒤표지에 있습니다.

ISBN 978-89-97318-66-7-03810

하오의 숲

조승래 시집

황금알

모난 것은 둥글게
큰 것은 더 작게
뭉친 것은 흩어지도록 시간은
쉬지 않고 제 갈 길을 가고 있지만

먼저 떠난 분들이나
지금 주위에 계신 분들에게
못다 한 가슴앓이를 시간에게 맡겨두기에는
너무 뻔뻔하고 안타깝다

경청으로 배려로 보답으로
업을 감해가면서 살겠다고 다짐하면서
고개 숙여
네번째 시집을 낸다

2014년 2월
논현동에서 퇴고를 마치고

차 례

1부 나비의 작업

2부 달이 되고 별이 되고

3부 나에게로 가고 싶다

4부 늙은 이발사의 생각

1부

나비의 작업

낙타의 길

산 한두 개씩 짊어지고
낙타가 사라진 사막

밤이 되자
어디선가 바람처럼
다시 무리 지어
산들이 돌아왔다

언제나 소실점 위에서
만나는 길

오늘은 산들이 울었다
낙타도 울었다

아득한
— 명사산鳴砂山

가마우지

숨 참고 잠수한 바다 숲 속에
건질 아무것도 없을 때 숨 못 참아
갈퀴 발 박차 솟구치자
머리 위로
가쁜 숨비소리

소라 전복 해삼
내 목구멍으로
삼킬 수 없는 저것들

옥죄는 검은 잠수복 삭도록
하루에도 수십 번 물질을 하며
스치듯 태왁에 의지하여 쉬노라면

섬 언덕배기 학교에서
선생님 저요! 하고 손 든 아이 목소리

또 한 번 밀어내는
엄마의 바다가 있다

종이의 소망

눈 뜬 이들을 위하여
나의 생은 숲을 거부하진 않았으나
뼈와 신경 다 발라진 뒤 남은 살점에다
의미의 문신을 활자로 각인시켰고
앞 못 보는 이들에게는 온몸을 못질 당한 점자로
길을 알려주었으나
으스대지 않고 살아온
침묵의 날들이 촘촘히 널려있네요,
하지만, 흰 살 검어지도록
너덜거리며 살다 갈 테니
새겨진 숱한 비밀들 다 눈감아 줄 테니
컴퓨터 속에서 paperless로 잊혀 살아도 좋으니
이제는 재생의 순환 고리 끊어
나만 사라지게 해 주오

노숙자 덮을 거 없어 민낯이 되더라도
시집이 읽히지 않아도 좋으니
하늘 향한 저 나무들 모두 무릎 꿇지 않도록
긴 그림자들 언제나 넉넉하게 누워있도록 하소서

입춘대길

한 청년(이력서조차 쓰레기통에 버려지는 청년이다)이
6백만 원이나 든 보따리를 우연히 습득한다
화장실에서 반나절 동안 갈등하는 청년
가방을 습득한 버스 정류장을 다시 찾는다
넋이 나간 채 쪼그리고 앉아 빙판 위로
지나가는 버스를 바라보는 노파 앞에 서는 청년
"할매! 이 보따리 할매 거지요?"
"아이고오, 하느님 아부지요, 참말로 고맙습니더…."
무릎 꿇고 조아린 할매, 눈물범벅이다
"죄송해요, 바로 갖다 드렸어야 했는데…,"
하느님 아버지가 된 청년도 어깨를 들먹인다
들먹이는 어깨 위로 피어오르는
연둣빛 아지랑이를
아무도 보지 못했다

목구멍

기쁘고
고마우면
막히던

슬프고
고프면
열리던 것이

칼칼한
내가 찾는
옥타브는
어느 문을
밀고 있나

나비의 작업

나비 한 마리
돛단배를 타고 있다

파랗게 질린 배를
돛 활짝 펼쳤다 접으며
이물에 머리 처박고
팽팽하게 줄을 당긴다

나비는 그것이 작업이다

그 잠깐의 작업을
바람은 그냥 두지 않는다

나비는 배를 버리고도
항해를 한다
무섭지 않다

칠월 칠석

그대 만나는 날은
천근의 몸
깃털같이 가벼워

어스름해지고
희뿌옇게 되도록
만 년 이래 왔는데

이번에 못 만난다 해도
또 어쩌랴

기다린
일 년이
오늘도 가고 있다

도미

파도도 무섭지 않은
도미 한 마리

빠른 호흡 하며
거꾸로 선 몸
가누지 못해
빠끔대는 입 모양,
엄
마
엄
마,

수족관 밖에서도
혼자일 때 더 부르는
기울어지고
추워질수록 더 찾는 그 이름,
엄
마

펜트하우스의 정원수

맨 윗집 옥상
펜트하우스 선랜드

아무도 말 걸어오는 이 없고,
저린
발가락만 서럽다

사랑한다,
사랑한다

빈 전화기엔 온종일
메아리가 없다

뒷모습

돌부처 앞에
무릎 굽혀 절하며 물었다

이 길이 그 길이냐고,

홀로 묻고 홀로 답을 찾다
떠나는 사람

뒷모습이
잠시 보였다,
사라진다

한 장과 두 장 사이

올 때는 내가 울었지만 갈 때는
다른 이들이 울어주는 것이 인생이라고
한 시인이 말했다

그 시작과 끝의 거리는
종이 두 장 사이

살아서도
죽어서도 본인은 알 수 없는
출생과 사망의 신고가
동사무소 직원의 손끝에서 마무리되고

종이와 종이의 틈새에는
지연의 과태료만 있을 뿐

오늘도 삭제되는
저 가위표

너무 먼 사랑

휴가길 알아보려고 서울 출발
태안 도착을 내비게이션에 입력하고
반경 확대를 200Km 했더니
우리나라가 나왔는데

최대 범위 3,000Km로 확대하니
지구가 나오고 그 위의 점 하나로 변해버려

두 점을 이어 찾는 길
높이 오를수록 출발점과 도착점 구분할 수가 없어

은하계에서 본다면
지구에서 달까지도 점 하나로 보일 것인데

우리 사랑은
가까이 있으면서도 아직 너무 멀어
그대를 종점으로
점 하나 되었네

목걸이

완전한 자유가 행복한가
구속된 자유가 행복한가

목걸이 속에 있어야 주인인지
밖에 있어야 주인인지

버려진 개목걸이를 수습한
노숙자가 자기 목에 걸어보고 웃는다

저만큼 더위가
부서지고 있었다

로또 당첨 비결

사람마다 식사시간 일정하지 않은 기사식당
달릴 때는 경쟁자 밥 먹을 때는 친구로 앉은 기사들이
밥 먹기 전까지 번 돈으로 셈하여
제 분수에 맞추어 식사를 하고
짧은 잡담으로 피로를 푼다

밥값 아까우면 가는 방향 맞춰 집에서 해결하고
바쁠 땐 소변도 제때 못하지만
밥 먹고 나가자마자
빈 차 표지등 끄도록 손님 바로 타면
"나, 로또 당첨됐다!"
고함지르고 웃으며 손 흔들고 출발하는
하루에 두 번도 당첨한다는데

복권 안 맞아 궁상떠는 사람 보면 우습다
궁상인 우리도 저기 기사식당에 밥 사 먹으러 가
당첨의 기쁨 함께 맛볼까 보다

아마존

강변 시장
일당 만 칠천 원 받은 사람이
자라 반 마리 만 칠천 원에 사고

다음날 일 마친 뒤
나머지 반 마리 사서
집으로 간다

이틀 치 합친 자라 한 마리
눈 뜨지 못하고
보약 먹은 한 생명
등 세우지 못하는데

산 사람은 오늘도
또 일당 벌려고 우림 속으로 출근한다

누구에게 약이 되라고
일당 만 칠천 원에 목을 걸라고
아마존엔 탁류가 흐른다

눈물샘

뺨으로 넘쳐흐르는 눈물은
눈물샘이 막힌 이유라
하여 뚫었다

늘 젖은 눈동자로
때로는 눈 감고 있기만 하면 된다

언제나 내 안에 흐르는 강물
이젠 범람하지 않으리라

가슴 안으로 흐르는 사랑도
막히지만 않으면
마중물 보낼 필요 없다

바닥도 없으면서
마르지도 아니하고
안과 밖을 잘도 이어 주는,

벌침

굳이 그게 꼬리에 있는 이유는
눈으로 먼저 확인하고자 함

남들이 꼬리 내린다고
겁쟁이라 부를지도 모르지만

의로운 몸의 방어로
죽음과 바꾼
마지막 불꽃이거니

전어

머릿속 깨가 서 말이라는
가을 전어 떼 수족관에서
기포를 쏘아 올리고
높이를 가늠하려는 물방울이
폭죽처럼 터지는 그곳이 바로 출구

집단 탈출을 돕기 위해 밤새 도는
회전력 탄력받은 물살 드세고
기쁨과 슬픔의 zero sum game
전어가 슬프면
수족관 주인은 기쁘다

부풀었다가 사라지고
또 부풀어 오르는 물거품 속에
전어의 눈동자가
또 들어간다

2부

달이 되고 별이 되고

아직도 달그락

고추잠자리 떼 술래잡기로
하늘 빙빙 돌려놓고 갈대 뒤로 숨다
허공에 반쯤 몸을 묻은 달이
낮인 줄도 모르고
하늘을 돌리고 있다
한 쪽 방향으로만 끌고 다닌
억만 세월을 누가 알아주겠느냐만
옛날 이태백은 그랬다
연못에 빠뜨려 목욕까지 시켜주고
기분이 좋아지면 별들 뿌려
호수가 비좁으면 술잔에도 담는다
별은 제 몸이 사라질 때까지 술을 빨아 마셨고
한 잔 다 마시면 또 술을 부어
달을 술잔에 옮기느라
기울이고 또 기울였다
하늘은 자꾸만 올라갔고
이태백도 따라 올라가더니
물려받은 술잔들마다
별들이 아직도 달그락거린다

단풍의 변론

가지에 앉아 있을 때 예쁘다 하시더니
낙엽 되었다고 마구 밟지는 마오

바람과 놀면서도 늘 푸른 햇살이었소
몸통을 미련 없이 떠났다 하여 욕하진 마오

역사는 몸통이 지키는 것
우리네야 그저 말이 좋아 단풍이지
지고 나면 죄인 아니오?

밟히고 밟혀 모지라지거나
도랑물에 뛰어들어 삭고 삭아도
그건 내 뜻이오

흔적 없이 사라져야 청사가 빛남을
왜 우리가 모르겠소

거룩한 몸통은 지켜야 하오

카멜레온

이글거리는 나미비아 사막을
아기 카멜레온 데리고 먹이 찾던 어미가
햇살 한 번 쳐다보고
작살 같은 혀로 제 새끼를 잡아먹는다

뜨거운 모래 다시 안 밟아도 되는
아기의 고요한 입적 뒤에
다가오는 큰 그림자 피하여
어미는 전광석화 옷을 갈아입는다

엄숙한 숨바꼭질 앞에서
세 개의 심장은 쇠 북소리 내었고
TV를 끄고 창밖을 보니
구름을 걷어낸 달빛이
만삭의 사막을 더듬고 있다

동학사 10시

스님은 끊고자
매미는 잇고자
내려치는 목탁과 날갯짓 소리
한데 뿌려져
자욱하다

나는 무엇 하나
끊고 맺은 것 없이
계곡물에 시간을
담근 채 앉았는데

저만치 누웠던 그늘이
다가와 물소리를 한 바가지 퍼
내 몸에 끼얹는다

자욱한 소리 한꺼번에 걷힌다

담장 너머

그 무언가
당신을 더듬고 갔기에

실손 구부린 채
담장 너머 기웃대나

상큼 머금은 웃음은
왜
눈 맞은 꽃잎 앞에 떨게 하나

먼발치서 지켜보는
저 마음만
밤 깊은 줄 모르고

자갈

발갛게 아픈 것이
사랑이라서 날마다
신열을 앓고

미끄러질수록
손톱자국 더 깊어지는

이생의 마지막 응어리
모래알 속에 몸을 묻는다

더 작게 잊히려
모 하나 없이 던진 몸

무슨 미련 아직 남아
낙숫물에 목 축이나

연꽃

흐린 줄 몰랐네
알면 또 무엇하리

하늘 환히 열렸으니
꽃
한 송이
물 밖에 내 걸고

함박웃음
절로 벙글어
답할 뿐

달이 되고 별이 되고

하늘 문 열린 날
가문의 최고 아들 세상에 내 보내듯
구름처럼 모여든 사람들
함께 쏘아 보낸 그 한 점 소망
궤도를 순항하고 있네

우리도 저 점을 축으로 어깨 힘주며
헛기침 좀 해도 되겠네
하늘에 점 하나 못 찍은 집 좀 많으냐
하늘도 열어 보았는데
달까지야 뭐 그리 멀겠느냐

나로호에 띄운 함박웃음들
하늘에 닿아
달이 되고 별이 되고,

금붕어 눈을 뜨다

자는 체하고만 있어도
수초를 휘저어 보고
반응 안 하면 유리벽 두들기는데
나에게 주어진 고요는 애당초 없고
강요된 소통만 있을 뿐이야

무료하여 물 밖으로 뛰어 나가
느꺼운 자유 향유하느라
지느러미 떨고 있으면
한사코 두 손 떠받들어 어항 안으로 밀어 넣는데
나는 그런 귀한 존재인 거야

내 배설물도 치우면서
싫은 기색 하나도 없는 저들을 보면
좋아, 잘 살아주겠어
죽는 날까지 뜬 눈으로
까짓것!

희망봉

간밤의 바람에 움막이 넘어졌고
한때 지붕이던 야자 잎
땅바닥에서 서걱댄다

뚜껑 없는 냄비와 물통뿐이던
뼈처럼 드러난 살림살이 보며
내 전부를 잃어버렸다고
대성통곡하는 아낙

집이야 또 지으면 된다며
야자 잎 잔뜩 이고
십 리 밖 이웃들 줄지어 온다

반나절의 절망 앞에
반년 치의 희망이 펼쳐지자
언제 울었냐는 듯
새까만 얼굴에 드러난
앞니가 하얗게
웃고 있다

원산지

외국에서 온
카네이션과 쇠고기 꽃등심이
한국산으로 둔갑했다는
뉴스가 나오는
식당 구석

어버이날
환히 웃는 아들과
시부모님 앞에서
친정이 베트남인 며느리가
출장 간 남편에게
전화를 한다

"여보, 부모님 안부 전해 주시고
베트남 산으로 둔갑하지 말고
식사 맛있게 하세요."

하이에나의 항변

"여기 큰 짐승 잡은 것 같은데 사자니임, 어서 오셔요."
자칼이 하늘 향해 외치는 소리에 초원을 내려다보던
별들도 후들댄다 우리가 잡은 먹이 사자에게 빼앗긴 채
뭐라도 조금 남겨 주길 기다린 밤 너무 길다

싸움 붙이고 부서져 나온 작은 조각 하나 들고 도망간
자칼의 작전은 성공이다만 밝아야 겨우 볼 수 있는 사람
들은 어둠 속에 일어난 일을 전혀 알지 못하면서 썩은
고기만 먹는 비정한 청소부라고 부르던데

신선한 것 다 빼앗기고 허기 면하려 흩어진 뼈 말끔히
먹어치우며 영혼을 수습하는 눈동자 꼽 낀 자칼보다 사
자보다 더 까맣고 촉촉하다는 거 별들은 다 알고 있는
데······

상호부조

식사삼매경에 빠진 원숭이를
지켜보는 주인이 어깨 잔뜩 세우고
거드름 피운다

내가 너희를 배부르게 하였나니
찬송할 지어다

원숭이도 이미 안다
관중들 앞에서 재롱 피우면
제 밥그릇도 주인이 들고 따라다닌다는 것쯤

소나기

비 맞은 소녀가
소년의 어깨에 살포시 기댄다

풀꽃 반지 받은 소년
이파리 밑 젖가슴처럼 드러난 참외를
얼굴 붉히며 응시하는데

지지지지, 쾅당!

갑작스런 천둥소리에
기겁을 한 원두막이 무너져 내리고

더 놀란 것은
자석처럼 붙은 가슴을
쉬 뗄 수 없음이다

정답을 찾아서

램프불은 등피로 바람을 막지만
피 없는 촛불은 언제나 위태하다
바람 잘 날 없는 곳에
기도만 산더미로 쌓이는 나라

전깃불 처음 들어온 날
동네 한 바퀴 돌고 와서
바람에도 꺼지지 않고
홀로 서 있던 가로등불에
가슴 떨며 보던 하늘 환하더니

그 따스하게 밝던 백열등도
발광 다이오드(LED)에 밀려
종신형을 선고받고
에덴에서 추방되나니
죄목 비효율이라

정답은 늘 쫓기는 죄인이다

실종자

경찰서 옆 게시판에
실종 아동을 찾습니다
실종 장애인을 찾습니다
실종 노인을 찾습니다
빛바랜 석 장의 팻국들
서로를 찾느라 애가 닳도록 흘린
눈물 자국 말라붙은

부실한 기억으로 거리를 헤매고 있을
그들에게 아무것도 해 줄 수 없어
물끄러미 바라보고 선
바로 그 옆 포스터엔
수상한 사람 신고하란다

지레 놀라 자리를 벗어나며
전화기 버튼을 생각 없이 누른다
나, 지금 어디로 가고 있는지
나의 실종을 확인한다

누룽지

한 솥에 같이 들어갔다
늦게 들어온 너희는
밥이 되어 먼저 나갔고
밑바닥에서 엉덩이 지진 죄로
천만다행
우리는 후식으로
늦게나마 누룽지가 된다
구수한 누룽지

선착순이 밟히는 세상사가
아무리 구수해도
누룽지는 누룽지
엉덩이 지지긴 싫어
사람들은
콜라를 찾는다

3부

나에게로 가고 싶다

고향

알래스카로, 툰드라로, 고비사막으로
나의 혼은 떠돌다가

상하이 어느 골목길
폐타이어 쌓인 천 년 골목을
찹쌀떡 장수처럼 누비다가

함안군 군북면 동촌리 1151번지
감나무 아래서 잠시 서성이지만

나의 혼은 늘 멀리 가지 못하고
지금은 늙어 제구실을 하지 못하는
감나무 아래를 맴도는 것이다.

그게 단지
집을 지키고 있다는
그 하나만의 반가움으로

안식처

도심의 인도를
맹인들이 웃으며 가고 길 없는
하늘에는 새들이 줄지어
길을 내며 날아

땅에도 하늘에도
명랑한 소리
자국 자국 남기며

저 종종걸음 닿는 곳에
밤낮 구별하는 이 뉘 있으랴,

나도 따라
나의 길을
자국자국
서둘러 간다

자존심

썰물 때 스스로 찾아간 덫에서 잡혔으므로
그물에 잡힌 일반 멸치완 비교하지 말라
밀물 때 잡힌 것이 절대 아니라고

은빛 갑옷과 투구 어느 것 하나 손상 없이
마지막까지 갓 고쳐 쓴 선비 같은
죽방멸치 가지런히
백화점 진열대에 누워있다

태어난 순간부터,
온전하게 지켜온 옷값이 비싼 게 아니라
속이 까맣게 타도록 물때의 흐름을
샌님처럼 지켜 온 게
너희와는 이미 달랐음이니

나에게로 가고 싶다

손가락 사이로 사라질
그믐달 집어 들고
보름달 기다리는 너는

새벽녘 일어나 앉으려는
내 몸 안에 들어와
포근히 잠들고

밤은 너의 세상
낮은 나의 세상
그 짧은 교차점에서도

가고 싶다, 돌고 돌아서
웃으며 너를 포근히 맞이하는
나에게로 가서 나도
잠들고 싶다

외줄 타는 사람들

없는 것이 그것뿐인 시절도
있는 것이 그것뿐이던 시절도 있어

족장의 아내를 사랑한
선사先史의 어느 원시인은
애틋한 사랑의 시는
어디에다 남기느냐며
돌로 바위를 쪼기만 하였다는데

녹음기가 없던 시절 한 명창이
문인들은 글로 화가들은 그림으로
이 세상에 제 흔적을 남기는데
이 고운 목소리는 어디에 남기냐며
가슴 찢으며 피를 토했다는데

남긴 것이 시 한 편뿐인 사람도
못 남긴 것이 단지 시뿐인 사람도
돌아보면
목마른 시절 외줄 타던 사람들

그때 다 말했더라면

20년간 소식 몰랐던 그가

모 신문에 칼럼을 연재하고 있기에

반가워 그 글을 스크랩해 오며

서로 잘 알지 못했던 옛날을

만나 다 털어버리려고 했으나

연재 중단의 부고訃告로

그만 때를 놓치고 말아

강산이 두 번 바뀔 동안

서로 연락 한번 않다가

딱 한 번 먼 자리에서 만나

입으로만 반가운 시늉하던 사인데

무슨 충격과 아픔이 있겠는가만

그런 자리일지라도 헤어질 그때

마지막인 줄 알았더라면

그렇게 보내지 않고 보물 같은

그 지상의 멘트로 맺은

소중한 인연 고맙다 했을 텐데

또 모르지, 누군가와는

나도 벌써 헤어진 채 잊혀졌을지

모르지만 머뭇거린 그 말이 무엇인지

흉내 내어 보아도 알 수 없는

지인의 입 모양이 눈에 선하다

간 큰 사람들

아내의 간을 이식한
간 큰 친구보다
절반이 넘는 간을
냉큼 잘라 준 그 아내가
참 간이 크다

사랑은 베어도 베어도
쑥쑥 자라는 풀잎 같은 것
사랑을 절반이나 잘라 준
그 여자의 간은 참 싱그럽다

그 절반의 사랑
뿌리 단단히 내려
그의 가슴 풀밭 푸르러
아침이슬 반짝이나니

부러워라
반짝이는 사랑 앞에
내 간은 콩알만치 작아져

그 시절 한 장단

"밥을 와 이리 마이 담았노?"
한 줌 쌀로 지어 올린 밥상 물리며
하시는 아버지 말씀 절창이야

그 소리 기다리던 코흘리개들
쌀알 더 많이 든 밥그릇으로
와그르 몰려 계란찜 긁으며
한순간 전쟁놀이다

막걸리 거나하게 드시는 소리
두레박 물 마시는 소리,
바가지 닥닥 긁는 소리 모두
구름 따라 굴러간 소리였네

"밥을 와 이리 많이 담았노?"
지금도 들리는 아버지의 말씀
노래라면 십팔 곡,
걸걸한 절창이야

부끄러운 초저녁

이제 비 그쳤나,
처마 밑 낙수 소리 들으며
아지매 남새밭을 향하고
아재는 지게 지고
소 몰아 들로 간다

양철 두레박 퍼 올린 물에 풋고추랑 남새를 씻으며 이
런 날은 막걸리에 맵싸한 부추전이면 서방님도 입이 쩍
벌어질 거라 — 소댕이 엎어 기름 둘러 부추전 부치노라
니 온 마을이 너도나도 부추전이다. 아랫목엔 막걸리 익
는 내음 노을물에 불콰하고

아궁이에 솔가지 타는 냄새
아재도 흠흠 맡으며 소 몰고 오는
아직은 부끄러운 초저녁이다

어버이날

새벽 부엌이 분주했다
미역국 밥상과 카네이션을 들고
감사합니다, 건강하세요
장남이 들어와 딸 노릇 한다

지난달 산소에서 나도
돌밥상에 국화꽃 올려놓고
감사합니다, 감사합니다 하듯

쓰던 그 약통 아직 비어 있고
반신불수 특효약
암에 좋은 음식
이제야 눈앞에 쌓이면 무엇 하나

한 송이 빨간 꽃
해마다 드리지도 못하면서
어린애 같은 걱정만 가득했던 날
가슴에 쌓여

바람의 몸

그 체온 유지하려고
뙤약볕에는 그늘로
혹한에는 양지로
떼 지어 피해 다녔나

체온 36.5도
대 이은 종갓집 화롯불처럼
절대 식지 말라 주문하는데

나를 에워싼 저 바람은
무슨 까닭으로
가슴속 들락거리며
제 몸 익어가는 줄 모르나

유달산에서

꽃은 다 지고
붉은 꽃은 다 지고
산은 빈 채로 서서
발 묻은 선창을 살피고 있다

바닷속에 무엇이 숨어 퍼덕대기에
파도는 저리 용을 쓰고 있나,

홍어란 홍어는 목포로
다 모였는지 칠레산 홍어까지
얼음 물고 와서 흥정을 건다

이방인들 구린내에 코가 쓰린
그 톡 쏘는 맛 아무것도 아니라고
소화하기 나름이라며
흰 구름 따라 서두르는 하산길
삼학도를 부른다

빛의 싹

빛이 산이나 평야나 등속으로 가듯이 달팽이에게도 오르막이나 내리막이나 똑같아

빛의 시작과 끝을 재어 본 적 없지만, 빛은 싹이 돋아 언제나 싱그러운 숲을 이루는 고로 빗줄기가 빛을 토막 내어 땅에다 묻고 강물에도 씨 뿌리고 거름 주어 성장을 도와준다지만 그늘의 저 달팽이도 때로는 빛보다 더 빨리 감응하지 않더냐

빛을 보면 바로 눈 찔끔 감으며 마음은 비 오는 날에도 순간 이동하여 시작과 끝을 하나로 그대 마음속에서 싹을 틔우는 걸

선유도

망주봉 갈아 만든 명사십리 산이라서 다 모래 되긴 아
직 멀어
얼마나 깎아 냈는지 보러 나온 꼬마 게 망둥이 구경꾼들
어느 천 년에 저 산 다 깎으랴
파도에게 감자 먹이며 저희끼리
춤추느라 물때 만나 살판이다

떠도는 모든 것들
물 만나 바람 만나
이 섬에 와서는 떠나지 마라

붙잡지 않아도 떠나는 자
섬을 보지 못한다
모든 것 놓아두고 섬이 되는 날
그대, 선유도를 보리

떡이요 김밥이요

길어도 짧아도 안 되는 거란다

그 떡집 아지매 너무너무 토실해서 가다 말고 숨어 보니 한석봉 어머니처럼 촘촘촘 떡 썰다가 지지리도 못난 자투리 별도의 그릇에 담을까 말까 망설이더니 에라 이까짓 것 모아봐야 돈이 되나 입으로 날름 삼키는구나 떡이 된 쌀가루도 차곡차곡 쌓이면 허리에 굵은 챔피언 벨트 하나 또 늘겠네

옆집 김밥집 아지매 투명 장갑 손에 끼고 돌돌돌 말은 김밥 토막토막 자르는데 단무지 시금치 햄 비좁다고 김의 끝을 삐져나와 내 배 째라 시위하는 걸 엄지 검지 집게로 조여 가장자리 들다 말고, 안 되고 말고 먹었다간 큰일 나지 삼척동자라도 다 아는 그 키를 줄였다간 본전도 어림없지 헛장사하면 안 돼

점점 키가 줄어든 그분들 어디 계실까

메마른 편지

국민학교 상급반 새 책 받은 날은
제일 먼저 향기로운 국어책 펼쳐

키다리 아저씨 이야기를
삶은 고구마 껍질 벗겨 먹듯
땅거미 스멀스멀 기도록
주디의 이야기를 따라가며

키다리 아저씨가 한없이 자랐겠다는
문득문득 그런 생각에
종종 가을 하늘 더듬던 날도 지나

연필심에 침 발라가며
전상서로 종이 메우던 편지 쓰기
사막 위에서 잊은 지 오래인데

나를 지켜온 아득한 문자향
키보드 위에서 살아나
메마른 가슴으로 손 내민다

피라미는 피라미

피라미 한 마리
해오라기 부리와 평행으로 물려 있다

둘 다 일직선이 된 뒤에
삶은 그 반대편까지
동일 선상에서 교차하고

여명도 잠깐
은빛 몸부림을 씻어주었으나
고요까지 깨우진 못한다

꿈쩍하지 않고 외발로 서 있는
해오라기 주변으로 다시
은빛 목숨은 떼 지어 모여들고

아침은 해를 던져
숨 가쁜 하루를 펼친다

은행銀杏

금 1돈짜리 마고자 단추
수천 개를 길바닥에 쏟아 놓고
구린내 풍겨가며 여유롭더니

돈 많은 은행이라서
확 쏟아 놓은 금빛 이파리
구김살 하나 없다

나도 주머니가 은행이라면
집히는 대로 사랑 한 줌
빈 지갑에 채워 드렸으려나

4부

늘은 이발사의 생각

하오의 숲

하오의 숲에 들면
나이테 돌리는 나무들
숨소리 가쁘다

가을이 오기 전
부지런히 생의 바퀴 굴리는
물상의 몸짓

후회 없는 한 채
영혼의 집 짓기 위해
여름의 끝자락 물고 석수石手처럼
정釘질 하는 매미 울음

들노라면 나도
나무가 되어
뜨거운 가슴으로 나이테를
감고 있는 것이다

초롱꽃

줄줄이 매달린
원두막 안에
꽃술들 모두
꿀잠 자나 보다

닫힌 창문 앞
중매쟁이들
모시옷 말려가며
기웃거리는
한낮의 오수午睡

낮도
은밀히 거래되는
환한 밤이다

석가탑

고쳐 세운 석탑 안
천 년 지나
또 들여다본다

삼천 년 영롱한
진신사리 그 자리에
동그랗게 계시고

모난 것은
헐어지리니
헐면 다시 지으리니

탑 앞의 눈망울들
동그랗게 구르며
반짝거린다

늙은 이발사의 생각

비누거품 턱에 바른 채 곤히 잠든 막일꾼 김 씨 얼굴 마주 보며 늙은 이발사는 기둥에 걸어둔 가죽 벨트를 면도칼로 기타 치듯 무두질하고 있습니다 50년 가까이 함께 해 온 쇠가죽 벨트는 가운데가 초승달로 닳았지만, 이놈을 볼 때마다 황소처럼 힘이 펄펄 솟는다네요

철면피 사람 가죽은 아무짝에도 쓸모없지만, 소는 뼈와 속살 깡그리 보시하고도 가죽 남겨 엉덩이, 목, 겨드랑이, 뱃가죽은 부위마다 소리 달라 좌고에 소리북, 졸북, 소고로 나누어 둥둥 둥기둥기 신명 떨음 동네방네 어깨 덩실 풍물 질탕 놀게 하고 자투리는 구두, 가방 되어 제 목숨보다 오래 사랑받고 이발소 와서는 칼 다스리니 칼잡이가 어찌 기죽겠소

비누거품 솔에 묻혀 다시 턱을 문지른 후 칼 대자 밀려나는 수염, 기름때도 함께 밀어 등짐 진 수면의 부림 물수건으로 닦아내고 소처럼 순한 김 씨 잠 속에서 질탕 놀도록 그냥 두고 다 데운 늙은 주전자 물 펄펄 끓어도 내릴 생각 않네요

연륙교

섬에 다리를 놓아
섬이 육지를 흡수한다

눈물 모르는 갈매기
이쪽과 저쪽을 계산해도
그 속내를 알 수가 없다

그리움의 절정은 등식이 될 수 없다

다리의 이퀄(=) 위에
갈매기는
통행료를 내듯 끼룩끼룩
변을 지린다

다리가 없어도
갈메기는
그리움을 안다

잔상

희로애락을
나뭇잎에
던져두고

바람 따라
끌려가는
시선을 접고
돌아선다

돌아서도
사라지지 않는
나뭇잎 한 장

붉은
낙관

기울기의 함수

제비 한 쌍이
날개를 털며 허리 세운다
최대 45도로 세운 등에는
바람조차 머무르지 못한다

희망의 눈망울 마주 보며
자식을 곧바로 세운
저 노부부가 만져본 허리에
기울어진 뼈가 만져진다

90도와 0도 사이
인간의 시간을 아는지
제비가 땅과 하늘 번갈아 볼 때
우리는 그 부리 끝에 시선을 던진다

가을 씨앗은
겨울 한 잠 잔 뒤
또 수직으로 싹을 틔우겠다

화석

비탈을 잡고
바위가 버둥댄다

이 모르는 나무는
조금씩 기웃거리고

시간은 기다린 듯
제 몸 속으로
꼭 맞게 들어간다

저 앞
저 뒤
모두가 한통속이라서
만 년만 더 기다리면 될,

때론 그렇게

봄날쯤이라 하자

목 근육이 부챗살처럼 펼쳐지도록
입 벌려 하품하다가
이 정도면 하마가 되었다고 하자

물속이 무료하여 땅을 밟고
배가 고파 풀 뜯어 먹고,
고거 참, 수초도 아닌 것이 먹을 만하네

가을날쯤이라 하자

턱을 다 벌려 기지개 켜고
벌판에 나가서
이삭 주워 먹는 들짐승이라 하자
어, 사람도 이삭을 줍네

겨울날쯤이라 하자

하품하며
얼음길 걷는데
초록빛 다 증발된 넓은 이파리들
얼음 속에서 미라가 되어
생각을 멈추고 있더라 하자

백 살쯤 되었다 하자
그때도 봄 가을 겨울 변함없이
순환할 것이라 생각하자

여름,
여름은? 하면
그 뜨거운 시절 하나 얘기 안 해도
그렇게 묻혀서 굴러가지 않더냐

그냥
덮어두고 가도록 하자

임플란트

오래 쓴 치아가 닳아
금속으로 보완해야 한다는데

입안에서도
석기시대를 거쳐
철기시대로
문명의 발달사는 반복된다

조용 !
아기 깰라,

치통으로 앓는 밤

아직
수렵의 시대라
단정하기엔
이른 시각

만리장성

남과 북 가로지른 만 리 축성이 천 년, 또 천 년이 지난 오늘도 새삼 길게 누워 꿈틀거리고

벼락 칠 때 휴대폰 켜지 말라는 안내문 붙은 담벼락은 오늘을, 그리움 가득했을 보초들의 눈길로 적을 탐색하던 창문은 어제를 얘기하고. 불화살과 예리한 창날은 그 어디에도 없고, 있다 한들 이제 그 어디에 쓰겠는가만 남쪽에 피는 꽃 북쪽에도 피나니. 하루 한 개씩 누에고치 실 풀어 2년이면 이어질 거리 이만 리 우주에서 보면 그저 실오라기일 뿐이지만 아득히 가팔라 난공불락

사람들도 안에 이런 장성 하나씩 있는지 그 끝이 어디인지 아직 모르면서 능선을 하루에도 몇 개씩 내달으며 자신을 공격하고 있는 것이다

사실은

하강과 상승
그 교차의 절제된 약속처럼
봄비 내리다

대마디보다 긴 빗방울이야 없지만

종일 멈추지 않고
대숲의 등을 껴안으면

불쑥불쑥
머리 드는 죽순들

진통의 고요한 오르가슴

나비야 나도

날개 접었다 폈다
무얼 하느라
돛단배 바람에 일렁이며
꽃잎 깊숙이 머리 숙이고 있느냐,
그러다 한 생애가 다 지나가겠다

사실, 언제나 불완전변태인 내 생은
번데기가 무엇인지 모른다
다만 나도 너처럼
허물을 벗고 싶을 때가 있다
새로 태어나고 싶을 때가 있다
쉴 새 없이 꽃 속을 날고 드는
너를 하염없이 바라본 날이면

돈오돈수

번개와 함께 터지는 양수
천둥은 일찍부터 으르렁댔다

잠시 목탁을 내려놓은 노승

쉬고 싶을 때 쉬는 것이 도라 하니
절간의 매미들도 소리를 끊는다

번쩍번쩍 다산의 무지개 걸리자

땅은 충분히 젖어
남은 물을 바삐 연못으로
개울로 몰아낸다

크고 작은 목숨들
쉬지 않고 푸르게 일어서는데

덧셈과 나눗셈 사이
― 아들에게

아들아, 여전히 어린애인 줄 알았는데
어느새 군에도 갔다 왔네

오늘 달력을 보다가 나이를 셈해 보았는데
내 나이 55세에 너희 둘 합한 나이 47세

내가 63세 되면 너희도 63세 동갑이 되고
8년 뒤부터 매년 더 먹는 한 살
그게 쌓여서 내 나이 82세 되면 너희는
아, 100세가 넘는가
하지만 덧셈이란 이렇게 가슴 두근거리게 하구나

너희가 내 나이를 추월하게 되겠구나
괜한 덧셈에서 벗어나 나눗셈에서 답을 찾자
둘의 합한 나이를 절반으로 나누어야 한다
음식을 골고루 나누어 주듯 사랑도 그리하리라
너희는, 따로
100세를 넘는다

걸음마 다시 배우다

앉은 사람을
가르치려면 서야 하고
앉아 배웠으니
설 줄 알아야 하네

책상 앞 저 아이들
앞길 잘 보고 다니도록
늘 굽어살피시던
스승님 말씀 전해야 하네

초롱불 들고 가는
아이들 앞세우고
느려진 걸음
다시 추슬러 가야 하네

지구야 넌 이제

지렛대로 지구를 들 수 있다던 물리학자가 있었네 주위의 가장 큰 바위인 달을 축으로 삼으려 했으나 지렛대가 너무 길어 무수한 사람들이 지구 반대편인 지렛대 끝 태양계를 벗어난 곳으로 갔다네 그들이 한 번 뛰었다가 밟으면 바닷물도 출렁거렸네 지구는 그러나 흔들바위처럼 흔들어도 되돌아왔네

그들을 도우려고 떠올린 기발한 발상이 도르래였다던가 지구에 심을 박고 달에 감아 돌리면 되는데 어랏, 당기니 둘 다 도네 둥글어서 둘 다 도네 헛돌아도 당기고 또 당기고 지치면 교대로 하면 되니까 전복시켜 바꿔 볼 참이니까

지구야, 넌 이제 각오해

애호박

금방 무엇이
너를 스치고 갔기에

실손 구부린 채
담장 넘어
기웃거리나

살큼 머금은 미소
눈 마주친
꽃잎 부끄러워

새도록
등불을 켜 들고
새아씨처럼
무엇을 기다리나

■ 해설

명사산鳴沙山에서 울고 돌미륵에 묻다

유 재 영(시인)

1. 화해와 공존의 시학

시집『몽고 조랑말』출간 이후 조승래 시인의 이번 시집『하오의 숲』은 그의 네번째 시집이다. 시집『몽고 조랑말』이 본격적으로 시인으로서 출발을 예고하는 서정적 탐색의 과정이었다면 두번째 시집은 더욱 깊은 인생론적 삶의 성찰을 보여주었다.

조승래의 시는 기본적으로 삶의 탐구, 즉 인생론의 시로서 성격을 지닌다. 삶이란 무엇인가? 또한 인생이란 어떻게 사는 것이 바람직하고 가치 있는 것인가에 대한 탐구와 모색이 지속적으로 펼쳐지고 있는 것으로 이해되기 때문이다.

조승래 시인이 두번째 시집『내 생의 워낭소리』(시학사, 2011)에서 지적한 평론가 김재홍의 언사를 구태여

빌리지 않더라도 시집을 읽은 사람들은 조승래의 시적 지향점이 무엇인가 쉽게 알 수 있을 것이다. 조승래의 시적 탐색은 인식론을 바탕으로 한 소박한 단일 이미지에서 자연과 인간, 역사와 인간, 사회와 인간 속에서 대립적 관계가 아니라 공존의 관계를 형성하며 다층적 구조를 이루고 있다.

이어 발간한 세번째 시집『타지 않는 점』에서 시인이며 평론가인 박호영은 조승래 시를 가리켜 '존재자로서의 실존 의식의 결과'로 다음과 같이 파악하고 있다.

이번 그의 시집에서 우선 거론할 수 있는 것은 주위를 향한 따뜻한 시선이다. 이러한 태도는 그가 지닌 인간미에서 연유하는 것이겠지만, 좀 더 근본적으로 따지자면 존재자로서의 실존 의식의 결과라고 할 수 있을 것이다. 다시 말해 주위의 현상에 관심을 갖는다는 것은 그렇게 함으로써 비로소 함께 존재하게 되는 것인데, 그는 이러한 실존을 바라고 있는 것이다.

김재홍과 박호영의 지적은 조승래 시의 중심을 확인하는 중요한 포인트가 되고 있다. 이번 시집에서 주목할 것은 그의 대부분 작품들이 '인간중심'의 테두리에서 크게 벗어나 있지 않고 있다는 점이다.

왜 조승래의 작품은 '세계-내-존재로서의 배려와 염

려'의 시선에 크게 벗어나지 않고 있는 것일까. 굳이 말한다면 그는 시인 이전에 기업인이었다. 학창시절 문학의 꿈을 접고 기업의 일선에서 국제적 감각을 익히며 경영인의 꿈을 키워왔다. 그런 그가 다시 문학이라는 본령으로 돌아오기까지의 과정을 자세히는 알 수 없지만, 기업 현장에서 만난 많은 유형의 사람들과의 소통에서 오는 갈등과 거역할 수 없는 다양한 생존의 의미들이 다시 시라는 감성적 기호로 나타나고 있는 것만은 확실한 것 같다.

2. 유리창 너머의 비대칭

비누거품 턱에 바른 채 곤히 잠든 막일꾼 김 씨 얼굴 마주 보며 늙은 이발사는 기둥에 걸어둔 가죽 벨트를 면도칼로 기타 치듯 무두질하고 있습니다 50년 가까이 함께 해온 쇠가죽 벨트는 가운데가 초승달로 닳았지만, 이놈을 볼 때마다 황소처럼 힘이 펄펄 솟는다네요

철면피 사람 가죽은 아무짝에도 쓸모없지만, 소는 뼈와 속살 깡그리 보시하고도 가죽 남겨 엉덩이, 목, 겨드랑이, 뱃가죽은 부위마다 소리 달라 좌고에 소리북, 졸북, 소고로 나누어 둥둥 둥기둥기 신명 떨음 동네방네 어깨 덩실 풍물 질탕 놀게 하고 자투리는 구두, 가방 되어 제 목숨보다 오래 사랑받고 이발소 와서는 칼 다스리니 칼잡이가 어

찌 기죽겠소

비누거품 솔에 묻혀 다시 턱을 문지른 후 칼 대자 밀려
나는 수염, 기름때도 함께 밀어 등짐 진 수면의 부림 물수
건으로 닦아내고 소처럼 순한 김 씨 잠 속에서 질탕 놀도
록 그냥 두고 다 데운 늙은 주전자 물 펄펄 끓어도 내릴 생
각 않네요

— 「늙은 이발사의 생각」 전문

고향 마을 입구 어느 허름한 이발관. 막일꾼 김 씨 얼
굴을 마주 보며 늙은 이발사는 기둥에 걸어둔 가죽 벨트
에 면도칼을 기타 치듯 무두질하고 있다. 벌써 이놈의
가죽 벨트와의 인연도 50년 가까워 칼날이 닿는 부분은
초승달처럼 닳았다. 늙은 이발사는 잠시 생각에 잠긴다.
그렇지, 너 가죽 벨트여 뼈, 속살 깡그리 보시하고 남겨
둔 가죽은 부위마다 소리가 달라 좌고, 소리북, 졸북, 소
고로 나누어 동네방네 어깨 덩실 풍물놀이 따라다니고
그나마 자투리는 구두, 가방으로 제 목숨보다 더 사랑
받다가 이발소 와서 칼 가는 가죽 벨트가 되어 함께 늙
어가는 처지가 되었구나. 그러나 네 가치가 어찌 철면피
한 사람 낯가죽과 비교하랴. 늙은 이발사는 무두질할 때
마다 황소처럼 힘이 솟구치는구나. 세상 풍파 다 겪어온
막일꾼 김 씨가 사각삭각 면도질 소리에 소처럼 곤한
잠을 이루는 시간, 김 씨의 잠이 깰까 봐 연탄난로 위의

주전자 물이 끓어 넘쳐도 내릴 생각 하지 않는 이 평화로운 풍경이 흑백 영화처럼 구성진 민요 한 대목처럼 정겹게 다가온다.

시인 조승래는 오래된 이발소의 칼갈이 가죽 벨트를 통하여 두 사람의 정밀한 서정적 공간을 마련한다. 하나는 죄없이 살아온 마음씨 좋은 늙은 이발사의 인간적 풍경과 다른 하나는 고단한 삶의 현장을 피해 잠시나마 휴식을 취하는 막일꾼 김 씨의 소 같은 잠이다. 낡은 가죽 벨트 하나가 비대칭으로 걸려 있는 이 서정적 공간이 그에게는 유리창 너머의 갇힌 풍경이 아니라 시인과 함께 개방된 고단한 삶의 단면이기도 한 것이다. 궁핍한 시대 고난과 분노가 삶의 전부인 것처럼 생각하는 사람이 있는가 하면 그것을 희망과 위로의 존재로 받아들이는 사람도 있다. 전자가 자학적 논리로 해석한다면 후자는 더불어 살아가는 따뜻함의 반성적 성찰이라고 할 것이다.

요즘처럼 있는 자와 없는 자의 신분적 구분이 분명한 경우는 드물 것이다. 농경사회에서 산업화시대로 접어들면서 우리가 미처 경험하지 못한 여러 가지의 정황을 목격한다. 시인이 인간의 현실적 고통을 사회적 한 현상으로만 알고 있다면 이는 시와 삶의 연속성 관점에서 반드시 극복되어야 할 우리 시의 당면한 과제라 할 것이다. 조승래 시인은 이러한 우리 시의 현실 추상적 인식을 버림으로써 우리에게 더욱 더 결속된 묘사를 보여주고 있다.

3. 참 나를 찾아가는 본향 정신

손가락 사이로 사라질
그믐달 집어 들고
보름달 기다리는 너는

새벽녘 일어나 앉으려는
내 몸 안에 들어와
포근히 잠들고

밤은 너의 세상
낮은 나의 세상
그 짧은 교차점에서도

가고 싶다, 돌고 돌아서
웃으며 너를 포근히 맞이하는
나에게로 가서 나도
잠들고 싶다

— 「나에게로 가고 싶다」 전문

이 작품에는 특별한 수사가 없다. 그러나 사물의 형상화에 조금도 어색하거나 생경한 느낌을 주지 않는다. 오히려 우아한 곡선 같은 자기 성찰의 염원을 담아내고 있다. 본류로 돌아가고 싶은, 그것이 문학이든 사업이든 자연이든 독자들에게 많은 유추와 상상을 불러일으킨다.

반자도지동反者道之動은 노자의 말씀이다. 돌아온다는 것은 도가 작용하는 것이다.〔反者道之動〕. 여기서 동動은 동정動靜의 왕래往來를 의미한다. 도지동道之動의 동動은 동정動靜의 동이 아니라 기氣의 왕래를 말한다. 왕래는 변화나 조화로 이해해도 된다. 그러니 동動은 정靜으로 되돌아온다. 정靜은 항상 靜이 아니다. 정은 동으로 되돌아온다. 그러므로 음양이 따로 있지 않다. 음은 양이 되고 양은 음이 된다.

이런 의미에서 볼 때 「나에게로 가고 싶다」는 바로 노자의 반자도지동反者道之動이라고 할 것이다. 참 나를 찾아가는 시인의 길은 그것은 바로 동動만이 아니라 엄숙한 관찰자로서의 정靜까지도 포함한다. 음과 양이 따로 없듯이 문학과 삶의 영역 또한 구분하여 따질 필요가 없다.

이러한 현상은 이 시집에서 보여주고 있는 조승래의 시적 상상력에 대한 대체적인 윤곽으로 드러나고 있다.

4. 물아일체物我一體, 무위無爲의 향기

하오의 숲에 들면
나이테 돌리는 나무들
숨소리 가쁘다

가을이 오기 전

부지런히 생의 바퀴 굴리는
물상의 몸짓

후회 없는 한 채
영혼의 집짓기 위해
여름의 끝자락 물고 석수石手처럼
정釘질 하는 매미 울음

듣노라면 나도
나무가 되어
뜨거운 가슴으로 나이테를
감고 있는 것이다

—「하오의 숲」 전문

「하오의 숲」은 자연의 묘사라는 통상적 범주를 벗어나
자연과 하나가 되는 상상력의 시적 안배가 뛰어난 작품
이다. 하루 중 느슨해진 시간, 화자는 숲 속 나무들과 함
께 있다. 나이테 돌아가는 소리를 들을 만큼 예민한 감
각은 가을이 오기 전 생의 바퀴를 돌리는 물상의 몸짓으
로 이해한다.

후회 없는 한 채 영혼의 집이란 무엇인가. 물아일체物我
一體란 외물外物과 자아, 객관과 주관, 물질계와 정신계가
어울려 하나 됨을 말한다. 노자老子가 말한 무위無爲란 무
엇인가? 무위를 하자면 무욕無欲하라 한다. 욕심을 버려
라 인간에게 이 말보다 더 어려운 말이 없고 이 말보다

더한 거짓말이 없다.

　욕심이 없다고 하는 인간이 한결 더 탐욕스러운 짓을 범한 꼴이 허다하다. 인간은 저마다 욕심이 많아 그 삶의 숨결이 고르지 못하고 힘들 때가 많다. 그렇듯 숨결이 고르지 못하거나 옹색할 때 한번 용기를 내 노자의 숨결을 따라가면 편하다. 욕欲은 낼수록 강해지고 덜할수록 유柔해진다. 욕심이 많은 사람의 마음은 굳은 돌과 같고 욕심이 적은 사람은 부드러운 물과 같다. 유약승강강柔弱勝剛强―부드럽고 약한 것(幼弱)이 굳고 센 것(剛强)을 이긴다. 이는 곧 겸허하라 함이요 두려워하라 함이다.

　생애의 집 한 채 짓기 위해 석수石手처럼 정釘질 하는 매미 울음을 노자의 말씀으로 들으며 물아일체物我一體로 들어선 한 시인의 그윽함이 자연의 이치 하나를 깨닫는다. 매미의 울음을 듣는 화자는 자기도 모르게 뜨거운 가슴으로 외물과 자아, 객관과 주관이 하나 되는 '나이테'를 만들었다. 나무를 베어 때고, 매미를 잡아 내 것으로 만들지 않고 무위無爲함으로써 더 크고 향기로운 집 하나를 세웠다. 그것은 바로 자연의 완미성完美性을 정신의 관념으로 본 서양의 이분법적 논리가 아니라 인간이란 존재는 자연에 대해 영원한 투쟁을 생각할 수 없으며 그것의 한 부분에 불과하다는 동양적 정신주의의 핵심 논리로 귀결된다.

5. 내레이터narrator를 넘어선 암시의 무한성

희로애락을
나뭇잎에
던져두고

바람 따라
끌려가는
시선을 접고
돌아선다

돌아서도
사라지지 않는
나뭇잎 한 장

붉은
낙관

— 「잔상殘像」 전문

　정靜하면 사물이 보인다. 정하면 허虛하고 허하면 밝다〔明〕. 그래서 성인은 마음을 정에 두고 침묵하는 것이다. 이 시에서 화자는 모든 것을 버리고 돌아선다. 인간사 최대의 과제인 희로애락도 나뭇잎에 던져두고 자기의 본연으로 돌아올 때 그 허虛의 공간에서 만나는 명明은 실존이다. 실존의 크기는 나뭇잎 한 장이지만 그 나뭇잎

은 '붉은/ 낙관'이다. '붉은/ 낙관'은 허虛의 크기만큼 밝
다. 그게 「잔상殘像」이다. 누군들 마음에 잔상 하나가 없
겠냐만 다 버리고 남은「잔상殘像」은 메타포어가 되었다.
왜 '붉은/ 낙관'일까 붉다는 것은 원형심상이다. 존재와
본질을 계량할 수 없는 관계에서 화자의 나뭇잎 한 장은
하나의 내레이터 narrator에 불과하지만, 여기에 '붉은/ 낙
관'이라는 언어화의 과정을 통하여 나뭇잎은 사물이 아
니라 중요한 그 무엇의 새로운 존재로 떠오르고 있다.
'붉은/ 낙관'은 뜨거운 심장일 수도 있고, 가슴 속 지워지
지 않는 그리움일 수도 있고 아픔과 상처일 수도 있다.
그러나 여기서는 '그 무엇의 새로운 존재 '인 것만은 분
명하다. 그것이 앞서 말한 '정하면 허虛하고 허하면 밝다
[明]'는 노자의 도덕경에 나오는 말씀이다. 시는 이렇듯
작은 것, 희미한 것, 볼 수 없는 것을 나타내는 밝다[明]
의 언어화 과정이기도 하다. 좀 더 구체적으로 말한다면
콜리지가 주장한 상징은 개체 속에서 내비치는 종(種,
species)의 어렴풋한 암시와 혹은 종 속에서 내비치는
유(類, genus)의 어렴풋한 암시에 의해, 그 무엇보다도
순간적인 것 속에서 그리고 순간적인 것을 통해서 내비
치는 영원성(永遠, etemal)의 어렴풋한 암시의 그것인지
도 모른다.

6. 물질계物質界와 정신계精神界의 사이

산 한두 개씩 짊어지고
낙타가 사라진 사막

밤이 되자
어디선가 바람처럼
다시 무리 지어
산들이 돌아왔다

언제나 소실점 위에서
만나는 길

오늘은 산들이 울었다
낙타도 울었다

아득한
— 명사산鳴沙山

— 「낙타의 길」 전문

중국말로 밍사산. 간쑤성 주취안시 현급 둔황시敦煌市의 성 남쪽 5㎞ 지점, 바단지린巴丹吉林, 파단길림 사막과 타클라마칸사막의 과도지대에 위치한 거대한 용과 같은 모양으로 유사流沙가 퇴적되어 이루어진 산으로 둔황敦煌 돈황, 사분두, 향사만响沙湾 및 파리곤巴里坤의 중국내 4대

밍사산鳴沙山의 하나이다.

　이 산은 동쪽의 막고굴莫高窟에서 시작하여 서쪽은 수이
포산睡佛山 아래의 당하党河 저수지까지 총 40여 ㎞이며 남
북으로는 약 20여 ㎞, 최고 높이는 1,715m이다. 산봉우리
가 빽빽하고 기복이 심하며 마치 칼로 자른 듯 가파르며
경관이 특이하고 아름다워 둔황팔경敦煌八景의 하나이다.

　사주도독부도경에 따르면 이 산은 이동성이 커서 산봉
우리도 변하며 때로는 깊은 골짜기가 언덕으로 바뀌고
높은 절벽이 골짜기로 변하고 저녁에 없던 것이 아침이
되면 하늘 높이 솟아나 있기도 한다. 산 중앙에 있는 연
못은 모래에 파묻히지 않으며 사람과 말이 밟으면 우레
와 같은 소리가 난다고 기재되어 있다.

　낙타와 함께 사라졌던 산이 밤이 되자 다시 제 자리로
돌아오고, 없어졌던 자리 소실점에서 다시 모래들은 산
이 되어 울고 멀리멀리 낙타들의 울음소리가 아득할 때
시인의 귀는 비로소 열렸다. 그것은 바로 외물物外인 모
래산과 낙타의 울음소리가 시인의 자아, 객관과 주관 또
는 물질계와 정신계가 하나 됨을 뜻한다.

　시인은 「낙타의 길」에서 비로소 거대한 무위無爲 담론의
세계를 만나게 된다. 노자가 말한 천하지유치빙천하지
견天下至柔馳騁天下之堅 곧 가장 부드러운 것이 가장 견고한
것을 이기는 순간을 만나고 있는 것이다. 유有란 물物이
고 실實이다. 무無란 허虛요, 이理다. 만물은 다 허실虛實의
어울림〔和〕이다. 내 몸이 유라면 내 마음은 무이다. 모래

알이 울듯이 시인은 가장 낮은 모습으로 울고 있었다. 여기서 울음이란 무엇인가 그것은 바로 주관과 객관이 하나 됨을 의미한다. 그러므로 시인이 명사산에서 만난 것은 거대한 몸체가 아니라 부드러운 마음의 실체였으리라.

돌부처 앞에
무릎 굽혀 절하며 물었다

이 길이 그 길이냐고.

홀로 묻고 홀로 답을 찾다
떠나는 사람

뒷모습이
잠시 보였다,
사라진다

—「뒷모습」 전문

돌부처 앞에 무릎 굽혀 절을 하고 길(道)을 물었다. 내가 가는 길이 미륵의 길인가를 그러나 돌부처는 묵묵부답, 시인은 혼자 묻고 혼자 대답한다. 길은 없고 잠시 잠깐 뒷모습만 보인다. 그 뒷모습마저도 사라졌다. 그것이 유有와 무無의 진정한 화(和)의 세계가 아니겠는가.

화가 세잔은 찻잔을 생명이 있는 물체로 인식했다.

정확히 말하자면 차 잔을 하나의 존재로 인식할 줄 알았던 것이다. 그는 외적으로 죽은 사물이 내적으로 생명을 가지게 되는 단계까지 정물nature morte을 이끌어 올렸다. 그는 인간을 그릴 때처럼 사물을 그렸다. 왜냐하면 그는 모든 사물에서 내적인 생명을 간추해 내는 천부적인 재능을 타고났기 때문이다. 그는 사물들을 색을 칠해서 표현하였는데 이러한 표현은 '내적 회화적 악보를 형성한다.' 라고 칸딘스키는 그의 저서 『예술에 있어서 정신적인 것에 대하여』에서 언급했다. 사물에 생명을 불어 넣는 일은 화가의 일만은 아닐 것이다. 언어를 매체로 하는 시인들도 마찬가지다. 사물에 언어를 색칠함으로써 새로운 인식의 세계를 탄생시킨다. 그러므로 시인이 외적인 것을 내적인 것으로 만들 때 모든 사물을 언어로 인식하는 객관적인 실체를 확보함으로써 비로소 단순한 감상주의적 상상력의 종속에서 벗어날 수 있다. 조승래 시집이 보여주는 다양한 갈래들은 그 가능성에 접근하는 또 한 번의 중요한 기회가 될 것이다.

『하오의 숲』은 그런 의미에서 적어도 다섯 가지 이상의 구체적 성과를 보여 주고 있다. 첫째 「늙은 이발사의 생각」에서 보여주고 있는 고난과 분노가 삶의 전부인 것처럼 생각하는 비대칭적 사회에 대한 따뜻한 반성과 성찰 그리고 「나에게로 가고 싶다」에서 나타난 본향本鄕에 대한 반자도지동反者道之動로서 정서적 윤곽, 「하오의 숲」에서는 동양 정신을 바탕으로 부드럽게 만나는 무위無爲의 향기,

잔상殘像」에서 남긴 허虛와 명明이 주는 암시의 시학, 「낙
타의 길」에서의 물질계와 정신계 사이에서 드러난 부드
러운 마음의 실체, 「뒷모습」에서 보여주는 유有와 무無에
서 오는 화(和)의 정신 등이다. 이러한 것들은 각각 다른
분류가 아니라 모두 조승래 시를 형성하고 있는 커다란
사유의 기반이라는 점에서 앞으로 펼쳐질 그의 개성적
풍광이 기다려진다.